Wilhelm Busch

Kritik des Herzens

Wilhelm Busch

Kritik des Herzens

ISBN/EAN: 9783744690416

Hergestellt in Europa, USA, Kanada, Australien, Japan

Cover: Foto ©Andreas Hilbeck / pixelio.de

Weitere Bücher finden Sie auf **www.hansebooks.com**

Kritik des Herzens

von

Vierte Auflage.

Verlag von Fr. Bassermann.
1886.

Alle Rechte vorbehalten.

Es wohnen die hohen Gedanken
 In einem hohen Haus.
Ich klopfte, doch immer hieß es:
 Die Herrschaft fuhr eben aus!

Nun klopf ich ganz bescheiden
 Bei kleineren Leuten an.
Ein Stückel Brod, ein Groschen
 Ernähren auch ihren Mann.

Sei ein braver Biedermann,
    Fange tüchtig an zu loben!
Und du wirst von uns sodann
    Gerne mit empor gehoben.

Wie, du ziehst ein schiefes Maul?
    Willst nicht, daß dich andre adeln?
Na, denn sei mir nur nicht faul
    Und verlege dich auf's Tadeln.

Gelt das ist ein Hochgenuß,
    Schwebst du so mit Wohlgefallen
Als ein selger Kriticus
    Hocherhaben über Allen.

Es sitzt ein Vogel auf dem Leim,
    Er flattert sehr und kann nicht heim.
Ein schwarzer Kater schleicht herzu,
    Die Krallen scharf, die Augen gluh.
Am Baum hinauf und immer höher
Kommt er dem armen Vogel näher.
Der Vogel denkt: Weil das so ist
    Und weil mich doch der Kater frißt,
So will ich keine Zeit verlieren,
    Will noch ein wenig quinquiliren
Und lustig pfeifen wie zuvor.
Der Vogel, scheint mir, hat Humor.

Ich kam in diese Welt herein,
   Mich baß zu amüsiren,
Ich wollte gern was Rechtes sein
   Und mußte mich immer geniren.
Oft war ich hoffnungsvoll und froh,
Und später kam es doch nicht so.

Nun lauf ich manchen Donnerstag
   Hienieden schon herummer,
Wie ich mich drehn und wenden mag,
   's ist immer der alte Kummer.
Bald klopft vor Schmerz und bald vor Lust
Das rothe Ding in meiner Brust.

Der Hausknecht in dem „Weidenbusch"
　Zu Frankfurt an dem Main,
Der war Poet doch immer kurz,
　Denn wenig fiel ihm ein.

Ja, sprach er, Freund, wir leben jetzt
　In der Depeschenzeit,
Und Schiller, käm er heut zurück,
　Wär auch nicht mehr so breit.

Die Selbstkritik hat viel für sich.
Gesetzt den Fall, ich tadle mich;
So hab ich erstens den Gewinn,
Daß ich so hübsch bescheiden bin;
Zum zweiten denken sich die Leut,
Der Mann ist lauter Redlichkeit;
Auch schnapp ich drittens diesen Bissen
Vorweg den andern Kritiküssen;
Und viertens hoff ich außerdem
Auf Widerspruch, der mir genehm.
So kommt es denn zuletzt heraus,
Daß ich ein ganz famoses Haus.

Es kam ein Lump mir in die Quer
Und hielt den alten Felbel her.
Obschon er noch gesund und stark,
Warf ich ihm dennoch eine Mark
Recht freundlich in den Hut hinein.
Der Kerl schien Philosoph zu sein.
Er sprach mit ernstem Bocksgesicht:
Mein Herr, Sie sehn, ich danke nicht.
Das Danken bin ich nicht gewohnt.
Ich nehme an, Sie sind gescheidt
Und fühlen sich genug belohnt
Durch Ihre Eitelkeit.

Die Rose sprach zum Mägdelein:
Ich muß dir ewig dankbar sein,
Daß du mich an den Busen drückst
Und mich mit deiner Huld beglückst.

Das Mädchen sprach: O, Röslein mein,
Bild dir nur nicht zu viel drauf ein,
Daß du mir Aug und Herz entzückst.
Ich liebe dich, weil du mich schmückst.

———

Man wünschte sich herzlich gute Nacht;
Die Tante war schrecklich müde;
Bald sind die Lichter ausgemacht,
Und alles ist Ruh und Friede.

Im ganzen Haus sind nur noch zween,
Die keine Ruhe finden,
Das ist der gute Vetter Eugen
Mit seiner Base Lucinden.

Sie wachten zusammen bis in der Früh,
Sie herzten sich und küßten.
Des Morgens beim Frühstück thaten sie,
Als ob sie von Nichts was wüßten.

Mein Freund, an einem Sonntag Morgen,
Thät sich ein hübsches Rößlein borgen.
Mit frischem Hemd und frischem Muthe,
In blanken Stiefeln, blankem Hute,
Die Haltung stramm und stramm die Hose,
Am Busen eine junge Rose,
So reitet er durch die Alleeen,
Wie ein Adonis anzusehen.

Die Reiter machen viel Vergnügen,
Wenn sie ihr stolzes Roß bestiegen.

Nun kommt da unter sanftem Knarren
Ein milchbeladner Eselskarren.
Das Rößlein, welches sehr erschrocken,
Fängt an zu trappeln und zu bocken,
Und, hopp, das war ein Satz ein weiter!
Dort rennt das Roß, hier liegt der Reiter,
Entfernt von seinem hohen Sitze,
Platt auf dem Bauche in der Pfütze.

Die Reiter machen viel Vergnügen,
Besonders, wenn sie drunten liegen.

Du fragtest mich früher nach mancherlei.
Ich sagte dir Alles frank und frei.
Du fragtest, wann ich zu reisen gedächte,
Welch ein Geschäft ich machen möchte.
Ich sagte dir offen: dann und dann;
Ich gab dir meine Pläne an.
Oft hat die Reise mir nicht gepaßt;
Dann nanntest du mich 'n Quirlequast.
Oft ging's mit dem Geschäfte krumm;
Dann wußtest du längst, es wäre dumm.
Oft kamst du mir auch mit List zuvor;
Dann schien ich mir selber ein rechter Thor.
Nun hab ich, weil mich dieses gequält,
Mir einen hübschen Ausweg erwählt.
Ich rede, wenn ich reden soll,
Und lüge dir die Jacke voll.

Kennt der Kerl denn keine Gnade?
Soll er uns mit seiner Suade,
Durch sein breites Expliciren,
Schwadroniren, Disputiren,
Soll er uns denn stets geniren,
Dieser säuselnde Philister,
Beim Genuß des edlen Weins?
Pump ihn an, und plötzlich ist er
Kurz und bündig wie Glock Eins.

Mich wurmt es, wenn ich nur dran denke. —
　Es saß zu München in der Schenke
　Ein Proz mit dunkelrother Nase
　Beim elften oder zwölften Glase.
Da schlich sich kümmerlich heran
　Ein armer alter Bettelmann,
Zog vor dem Prozen seinen Hut
Und fleht: Gnä Herr, ach sein 'S so gut!
Der Proz jedoch, fuchsteufelswild,
　Statt was zu geben, flucht und schilt:
Gehst raus, Du alter Lump, Du schlechter!
Nix möcht'er, als grad saufen, möcht'er!

Ich habe von einem Vater gelesen;
Die Tochter ist beim Theater gewesen.
Ein Schurke hat ihm das Mädchen verdorben,
So daß es im Wochenbette gestorben.
Das nahm der Vater sich tief zu Gemüthe.
Und als er den Schurken zu fassen kriegte,
Verzieh er ihm nobel die ganze Geschichte.
Ich weine ob solcher Güte.

Laß doch das ewge Fragen,
 Verehrter alter Freund.
Ich will von selbst schon sagen,
 Was mir von Nöthen scheint.

Du sagst vielleicht dagegen:
 Man fragt doch wohl einmal.
Gewiß! Nur allerwegen
 Ist mir's nicht ganz egal.

Bei deinem Fragestellen
 Hat eines mich frappirt:
Du fragst so gern nach Fällen,
 Wobei ich mich blamirt.

Vor Jahren waren wir mal entzweit
   Und thaten uns Manches zum Torte;
Wir sagten uns beide zu jener Zeit
   Viel bitterböse Worte.

Drauf haben wir uns in einander geschickt;
   Wir schlossen Frieden und haben
Die bitterbösen Worte erstickt
   Und fest und tief begraben.

Jetzt ist es wirklich recht fatal,
   Daß wieder ein Zwist nothwendig.
O weh! die Worte von dazumal
   Die werden nun wieder lebendig.

Die kommen nun erst in offnen Streit
   Und fliegen auf alle Dächer;
Nun bringen wir sie in Ewigkeit
   Nicht wieder in ihre Löcher.

Ich meine doch, so sprach er mal,
Die Welt ist recht pläsirlich.
Das dumme Geschwätz von Schmerz und Qual
Erscheint mir ganz ungebührlich.

Mit reinem kindlichem Gemüth
Genieß ich, was mir beschieden,
Und durch mein ganzes Wesen zieht
Ein himmlischer Seelenfrieden. —

Kaum hat er diesen Spruch gethan,
Aujau! so schreit er kläglich.
Der alte hohle Backenzahn
Wird wieder mal unerträglich.

Es saßen einstens beieinand
  Zwei Knaben, Fritz und Ferdinand.
Da sprach der Fritz: Nun gib mal Acht,
  Was ich geträumt vergangne Nacht.
Ich stieg in einen schönen Wagen,
  Der Wagen war mit Gold beschlagen.
Zwei Englein spannten sich davor,
  Die zogen mich zum Himmelsthor.
Gleich kamst du auch und wolltest mit
  Und sprangest auf den Kutschentritt.
Jedoch ein Teufel schwarz und groß
  Der nahm dich hinten bei der Hos
Und hat dich in die Höll getragen.
  Es war sehr lustig, muß ich sagen. —
So hübsch nun dieses Traumgesicht,
  Dem Ferdinand gefiel es nicht.
Schlapp! schlug er Fritzen an das Ohr,
  Daß er die Zippelmütz verlor.
Der Fritz, der dies verdrießlich fand,
  Haut wiederum den Ferdinand;
Und jetzt entsteht ein Handgemenge,
  Sehr schmerzlich und von großer Länge. —
So geht durch wesenlose Träume
  Gar oft die Freundschaft aus dem Leime.

Er stellt sich vor sein Spiegelglas
Und arrangirt noch dies und das.
Er dreht hinaus des Bartes Spitzen,
Sieht zu, wie seine Ringe blitzen,
Probirt auch mal, wie sich das macht,
Wenn er so herzgewinnend lacht,
Uebt seines Auges Zauberkraft,
Legt die Cravatte musterhaft,
Wirft einen süßen Scheideblick
Auf sein geliebtes Bild zurück,
Geht dann hinaus zur Promenade,
Umschwebt vom Dufte der Pomade,
Und ärgert sich als wie ein Stint,
Daß andre Leute eitel sind.

Wenn Alles sitzen bliebe,
Was wir in Haß und Liebe
So von einander schwatzen;
Wenn Lügen Haare wären,
Wir wären rauh wie Bären
Und hätten keine Glatzen.

in dicker Sack, — den Bauer Bolte,
Der ihn zur Mühle tragen wollte,
Um auszuruhn, mal hingestellt.
Dicht bei ein reifes Aehrenfeld —
Legt sich in würdevolle Falten
Und fängt 'ne Rede an zu halten.
Ich, sprach er, bin der volle Sack.
Ihr Aehren seid nur dünnes Pack.
Ich bin's, der euch auf dieser Welt
In Einigkeit zusammenhält.
Ich bin's, der hoch von Nöthen ist,
Daß euch das Federvieh nicht frißt;
Ich, dessen hohe Fassungskraft
Euch schließlich in die Mühle schafft.
Verneigt euch tief, denn ich bin Der!
Was wäret ihr, wenn ich nicht wär?
  Sanft rauschen die Aehren:
Du wärst ein leerer Schlauch, wenn wir nicht wären.

Wirklich, er war unentbehrlich!
Ueberall, wo was geschah
Zu dem Wohle der Gemeinde,
Er war thätig, er war da.

Schützenfest, Kasinobälle,
Pferderennen, Preisgericht,
Liedertafel, Spritzenprobe,
Ohne ihn da ging es nicht.

Ohne ihn war nichts zu machen,
Keine Stunde hatt' er frei.
Gestern, als sie ihn begruben,
War er richtig auch dabei.

Sehr tadelnswerth ist unser Thun,
Wir sind nicht brav und bieder. —
Gesetzt den Fall, es käme nun
Die Sündfluth noch mal wieder.

Das wär ein Zappeln und Geschreck!
Wir tauchten alle unter;
Dann kröchen wir wieder aus dem Dreck
Und wären, wie sonst, recht munter.

Was ist die alte Mamsell Schmöle
Für eine liebe treue Seele!
Sie spricht zu ihrer Dienerin:
Ach, Rieke, geh Sie da nicht hin!
Was will Sie da im goldnen Löben
Heut Abend auf und nieder schweben?
Denn wedelt nicht bei Spiel und Tanz
Der Teufel fröhlich mit dem Schwanz?
Und überhaupt, was ist es nütz?
Sie quält sich ab, Sie kommt in Schwitz,
Sie geht hinaus, erkältet sich
Und hustet dann ganz fürchterlich.
Drum bleibe Sie bei mir nur lieber!
Und, Rieke, geh Sie mal hinüber
Und hole Sie von Kaufmann Fräse
Ein Viertel guten Schweizerkäse,
Und sei Sie aber ja ja ja
Gleich zur Minute wieder da!
So ist die gute Mamsell Schmöle
Besorgt für Riekens Heil der Seele.
Ja später noch, in stiller Nacht,
Ist sie auf diesen Zweck bedacht
Und schleicht an Riekens Kammerthür
Und schaut, ob auch die Rieke hier,
Und ob sie auch in Frieden ruht
Und daß ihr ja nicht Wer was thut,
Was sich nun einmal nicht gehört,
Was gottlos und beneidenswerth.

Es wird mit Recht ein guter Braten
Gerechnet zu den guten Thaten;
Und daß man ihn gehörig mache,
Ist weibliche Charaktersache.
Ein braves Mädchen braucht dazu
Mal erstens, reine Seelenruh,
Daß bei Verwendung der Gewürze
Sie sich nicht hastig überstürze.
Dann, zweitens, braucht sie Sinnigkeit,
Ja, so zu sagen, Innigkeit,
Damit sie Alles appetitlich,
Bald so, bald so und recht gemüthlich
Begießen, drehn und wenden könne,
Daß an der Sache nichts verbrenne.
In Summa braucht sie Herzensgüte,
Ein sanftes Sorgen im Gemüthe,
Fast etwas Liebe insofern,
Für all die hübschen, edlen Herrn,
Die diesen Braten essen sollen
Und immer gern was Gutes wollen.
Ich weiß, daß hier ein Jeder spricht:
Ein böses Mädchen kann es nicht.
Drum hab ich mir auch stets gedacht
Zu Haus und anderwärts:
Wer einen guten Braten macht.
Hat auch ein gutes Herz.

Ihr kennt ihn doch schon manches Jahr,
Wißt, was es für ein Vogel war;
Wie er in allen Gartenräumen
Herumgeflattert auf den Bäumen;
Wie er die hübschen rothen Beeren,
Die andern Leuten zugehören,
Mit seinem Schnabel angepickt
Und sich ganz lasterhaft erquickt.
Nun hat sich dieser böse Näscher,
Gardinenschleicher, Mädchenhäscher,
Der manchen Biedermann gequält,
Am Ende selber noch vermählt.
Nun legt er seine Stirn in Falten,
Fängt eine Predigt an zu halten
Und möchte uns von Tugend schwatzen.
Ei, so ein alter Schlingel! Kaum
Hat er 'nen eignen Kirschenbaum,
So schimpft er auf die Spatzen.

Ferne Berge seh ich glühen!
Unruhvoller Wandersinn!
Morgen will ich weiter ziehen,
Weiß der Teufel, wohin?

Ja ich will mich nur bereiten,
Will — was hält mich nur zurück?
Nichts wie dumme Kleinigkeiten!
Zum Exempel, Dein Blick!

Es ging der fromme Herr Kaplan,
Nachdem er bereits viel Gutes gethan,
In stiller Betrachtung der schönen Natur
Einst zur Erholung durch die Flur.
Und als er kam an den Waldessaum,
Da rief der Kuckuck lustig vom Baum:
Wünsch guten Abend, Herr Kollege!
Der Storch dagegen, nicht weit vom Wege,
Steigt in der Wiese auf und ab
Und spricht verdrießlich: Plapperapapp!
Gäb's lauter Pfaffen lobesam,
Ich wäre längst schon flügellahm!

Man sieht, daß selbst der frömmste Mann
Nicht allen Leuten gefallen kann.

Ach, wie geht's dem heilgen Vater!
Groß und schwer sind seine Lasten,
Drum, o Joseph, trag den Gulden
In Sanct Peter's Sammelkasten!

So sprach im Seelentrauerton
   Die Mutter zu dem frommen Sohn.
Der Joseph, nach empfangner Summe,
   Eilt auch sogleich um's Eck herumme.
Bis er das Thor des Hauses fand,
Wo eines Bockes Bildniß stand,
Was man dahin gemalt mit Fleiß
Zum Zeichen, daß hier Bockverschleiß.
Allhier in einen kühlen Hof
   Setzt sich der Joseph hin und sof;
Und aß dazu, je nach Bedarf,
Die gute Wurst, den Radi scharf,
Bis er, was nicht gar lange währt,
Sanct Peters Gulden aufgezehrt.
Nun wird's ihm trauriglich zu Sinn
Und stille singt er vor sich hin:

Ach der Tugend schöne Werke,
   Gerne möcht ich sie erwischen,
Doch ich merke, doch ich merke,
   Immer kommt mir was dazwischen.

Es stand vor eines Hauses Thor
Ein Esel mit gespiztem Ohr.
Der käute sich sein Bündel Heu
Gedankenvoll und still entzwei. —
Nun kommen da und bleiben stehn
Der naseweisen Buben zween,
Die auch sogleich, indem sie lachen,
Verhaßte Redensarten machen,
Womit man denn bezwecken wollte,
Daß sich der Esel ärgern sollte. —
Doch dieser hocherfahrne Greis
Beschrieb nur einen halben Kreis,
Verhielt sich stumm und zeigte izt
Die Seite, wo der Wedel sizt.

Wer möchte diesen Erdenball
    Noch fernerhin betreten,
Wenn wir Bewohner überall
    Die Wahrheit sagen thäten.

Ihr hießet uns, wir hießen euch
    Spitzbuben und Hallunken,
Wir sagten uns fatales Zeug
    Noch eh wir uns betrunken.

Und überall im weiten Land,
    Als langbewährtes Mittel,
Entsproßte aus der Menschenhand
    Der treue Knotenknittel.

Da lob ich mir die Höflichkeit,
    Das zierliche Betrügen.
Du weißt Bescheid, ich weiß Bescheid;
    Und Allen macht's Vergnügen.

Ich wußte, sie ist in der Küchen,
Ich bin ihr leise nachgeschlichen.
Ich wollt' ihr ewge Treue schwören
Und fragen, willst du mir gehören.
Auf einmal aber stutzte ich.
Sie kramte zwischen dem Gewürze;
Dann schnäuzte sie und putzte sich
Die Nase mit der Schürze.

Die erste alte Tante sprach:
 Wir müssen nun auch dran denken,
Was wir zu ihrem Namenstag
 Dem guten Sophiechen schenken.

Drauf sprach die zweite Tante kühn:
 Ich schlage vor, wir entscheiden
Uns für ein Kleid in Erbsengrün,
 Das mag Sophiechen nicht leiden.

Der dritten Tante war das recht:
 Ja, sprach sie, mit gelben Ranken!
Ich weiß, sie ärgert sich nicht schlecht
 Und muß sich auch noch bedanken.

Da kommt mir eben so ein Freund
Mit einem großen Zwicker.
Ei, ruft er, Freundchen, wie mir scheint,
Sie werden immer dicker.

Ja ja, man weiß oft selbst nicht wie,
So kommt man in die Jahre;
Pardon, mein Schatz, hier haben Sie
Schon eins, zwei graue Haare! —

Hinaus, verdammter Kritikus,
Sonst schmeiß ich dich in Scherben.
Du Schlingel willst mir den Genuß
Der Gegenwart verderben!

Der alte Förster Püsterich
   Der ging nach langer Pause
Mal wieder auf den Schnepfenstrich
   Und brachte auch eine nach Hause.

Als er sie nun gebraten hätt,
   Da thät ihn was verdreußen;
Das Thierlein roch wie sonst so nett,
   Nur konnt er's nicht recht mehr beißen.

Ach ja! so seufzt er wehgemuth
   Und wischt sich ab die Thräne,
Die Nase wär so weit noch gut,
   Nur blos, es fehlen die Zähne.

Kinder lasset uns besingen,
Aber ohne allen Neid,
Onkel Kaspers rothe Nase,
Die uns schon so oft erfreut.

Einst ward sie als zarte Pflanze
Ihm von der Natur geschenkt;
Fleißig hat er sie begossen,
Sie mit Wein und Schnaps getränkt.

Bald bemerkte er mit Freuden,
Daß die junge Knospe schwoll,
Bis es eine Rose wurde,
Dunkelroth und wundervoll.

Alle Rosen haben Dornen,
Diese Rose hat sie nicht,
Hat nur so ein Büschel Haare,
Welches keinen Menschen sticht.

Ihrem Kelch entströmen süße
Wohlgerüche, mit Verlaub:
Aus der wohlbekannten Dose
Schöpft sie ihren Blüthenstaub.

Oft an einem frischen Morgen
Zeigt sie uns ein duftig Blau,
Und an ihrem Herzensblatte
Blinkt ein Tröpflein Perlenthau.

Wenn die andern Blumen welken,
Wenn's im Winter rauh und kalt,
Dann hat diese Wunderrose
Erst die rechte Wohlgestalt.

Drum zu ihrem Preis und Ruhme
Singen wir dies schöne Lied.
Vivat Onkel Kaspers Nase,
Die zu allen Zeiten blüht!

Früher, da ich unerfahren
Und bescheidner war als heute,
Hatten meine höchste Achtung
Andre Leute.

Später traf ich auf der Weide
Außer mir noch mehre Kälber,
Und nun schätz ich, so zu sagen,
Erst mich selber.

Es saß in meiner Knabenzeit
 Ein Fräulein jung und frisch
Im ausgeschnittnen grünen Kleid
 Mir vis-à-vis bei Tisch.

Und wie's denn so mit Kindern geht,
 Sehr frömmig sind sie nie,
Ach, dacht ich oft beim Tischgebet,
 Wie schön ist doch Marie!

Die Tante winkt, die Tante lacht:
He, Fritz, komm mal herein!
Sieh, welch ein hübsches Brüderlein
Der gute Storch in letzter Nacht
Ganz heimlich der Mamma gebracht.
Ei ja, das wird dich freun!
Der Fritz der sagte kurz und grob:
Ich hol 'n dicken Stein
Und schmeiß ihn an den Kopp!

Es sprach der Fritz zu dem Papa:
Was sie nur wieder hat?
Noch gestern sagte mir Mamma:
Du fährst mit in die Stadt.

Ich hatte mich schon so gefreut
Und war so voll Pläsir.
Nun soll ich doch nicht mit, denn heut
Da heißt es: Fritz bleibt hier!

Der Vater saß im Sorgensitz.
Er sagte ernst und still:
Trau Langhals nicht, mein lieber Fritz,
Der hustet, wann er will!

Was soll ich nur von eurer Liebe glauben?
Was kriecht ihr immer so in dunkle Lauben?
Wozu das ewge Flüstern und Gemunkel?
Das scheinen höchst verdächtige Geschichten.
Und selbst die besten ehelichen Pflichten,
Von allem Thun die schönste Thätigkeit,
In Tempeln von des Priesters Hand geweiht,
Ihr hüllt sie in ein schuldbewußtes Dunkel.

Du willst sie nie und nie mehr wiedersehen?
Besinne dich, mein Herz, noch ist es Zeit.
Sie war so lieb. Verzeih, was auch geschehen.
Sonst nimmt dich wohl beim Wort die Ewigkeit
Und zwingt dich mit Gewalt zum Weitergehen
In's öde Reich der Allvergessenheit.
Du rufst und rufst; vergebens sind die Worte;
In's feste Schloß dumpfdröhnend schlägt die Pforte.

Ich hab in einem alten Buch gelesen
Von einem Jüngling, welcher schlimm gewesen.
Er streut sein Hab und Gut in alle Winde,
Von Lust zu Lüsten und von Sünd zu Sünde,
In tollem Drang, in schrankenlosem Streben
Spornt er sein Roß hinein in's wilde Leben,
Bis ihn ein jäher Sturz vom Felsenrand
Dahingestreckt in Sand und Sonnenbrand,
Daß Ströme Bluts aus seinem Munde dringen
Und jede Hoffnung fast erloschen ist.
Ich aber hoffe — sagt hier der Chronist —
Die Gnade leiht dem Jüngling ihre Schwingen.

Im selben Buche hab ich auch gelesen
Von einem Manne, der honett gewesen.
Es war ein Mann, den die Gemeinde ehrte,
Der so von sechs bis acht sein Schöppchen leerte,
Der aus Princip nie Einem etwas borgte,
Der emsig nur für Frau und Kinder sorgte;
Dazu ein proprer Mann, der nie geflucht,
Der seine Kirche musterhaft besucht.
Kurzum, er hielt sein Rößlein stramm im Zügel
Und war, wie man so sagt, ein guter Christ.
Ich fürchte nur — bemerkt hier der Chronist —
Dem Biedermanne wachsen keine Flügel.

Zwischen diesen zwei gescheidten
    Mädchen, Anna und Dorette,
Ist zu allen Tageszeiten
Doch ein ewiges Gekrette.

Noch dazu um Kleinigkeiten. —
    Gestern gingen sie zu Bette,
Und sie fingen an zu streiten,
    Wer die dicksten Waden hätte.

Es flog einmal ein muntres Flieglein
Zu einem vollen Honigtiegel.
Da tunkt es mit Zufriedenheit
Den Rüssel in die Süßigkeit.
Nachdem es dann genug geschleckt,
Hat es die Flüglein ausgereckt
Und möchte sich nach oben schwingen.
Allein das Bein im Honigseim
Sitzt fest als wie in Vogelleim.
Nun fängt das Flieglein an zu singen:
Ach lieber Himmel mach mich frei
Aus dieser süßen Sklaverei.

Ein Freund von mir, der dieses sah,
Der seufzte tief und rief: Ja ja!

Die Liebe war nicht geringe.
 Sie wurden ordentlich blaß;
Sie sagten sich tausend Dinge
Und wußten noch immer was.

Sie mußten sich lange quälen.
 Doch schließlich kam's dazu,
Daß sie sich konnten vermählen.
Jetzt haben die Seelen Ruh.

Bei eines Strumpfes Bereitung
 Sitzt sie im Morgenhabit;
Er liest in der Kölnischen Zeitung
Und theilt ihr das Nöthige mit.

Selig sind die Auserwählten,
   Die sich liebten und vermählten;
Denn sie tragen hübsche Früchte.
Und so wuchert die Geschichte
Sichtbarlich von Ort zu Ort.
Doch die braven Junggesellen,
Jungfern ohne Ehestellen,
Welche ohne Leibeserben
So als Blattgewächse sterben,
Pflanzen sich durch Knollen fort.

Es saß ein Fuchs im Walde tief.
Da schrieb ihm der Bauer einen Brief:
So und so, und er sollte nur kommen,
's wär alles verziehn, was übel genommen.
Der Hahn, die Hühner und Gänse ließen
Ihn alle zusammen auch vielmals grüßen.
Und wann ihn denn erwarten sollte
Sein guter, treuer Kirschan Bolte.
Drauf schrieb der Fuchs mit Gänseblut:
Kann nicht gut.
Meine Alte mal wieder
Gekommen nieder!
Im Uebrigen von ganzer Seele
Dein Fuchs in der Höhle.

Gott ja, was gibt es doch für Narren!
Ein Bauer schneidet sich 'n Knarren
Vom trock'nen Brod und kaut und kaut.
Dabei hat er hinaufgeschaut
Nach einer Wurst, die still und heiter
Im Rauche schwebt, dicht bei der Leiter.
Er denkt mit heimlichem Vergnügen:
Wenn ick man woll, ick könn di kriegen!

Sie stritten sich beim Wein herum,
　Was das nun wieder wäre;
Das mit dem Darwin wär gar zu dumm
Und wider die menschliche Ehre.

Sie tranken manchen Humpen aus,
　Sie stolperten aus den Thüren,
Sie grunzten vernehmlich und kamen zu Haus
Gekrochen auf allen Vieren.

Ach, ich fühl es! Keine Tugend
    Ist so recht nach meinem Sinn;
Stets befind ich mich am wohlsten,
    Wenn ich damit fertig bin.

Dahingegen so ein Laster,
    Ja, das macht mir viel Pläsir;
Und ich hab die hübschen Sachen
    Lieber vor als hinter mir.

Das Bild des Manns in nackter Jugendkraft,
So stolz in Ruhe und bewegt so edel.
Wohl ist's ein Anblick, der Bewundrung schafft;
Drum Licht herbei! Und merke dir's o Schädel!

Jedoch ein Weib, ein unverhülltes Weib —
Da wird dir's doch ganz anders, alter Junge.
Bewundrung zieht sich durch den ganzen Leib
Und greift mit Wonneschreck an Herz und Lunge.

Und plötzlich jagt das losgelaßne Blut
Durch alle Gassen, wie die Feuerreiter.
Der ganze Kerl ist Eine helle Gluth;
Er sieht nichts mehr und tappt nur noch so weiter.

Ich sah dich gern im Sonnenschein,
    Wenn laut die Vöglein sangen,
Wenn durch die Wangen und Lippen dein
    Rosig die Strahlen drangen.

Ich sah dich auch gern im Mondenlicht
    Beim Dufte der Jasminen,
Wenn mir dein freundlich Angesicht
    So silberbleich erschienen.

Doch, Mädchen, gern hätt ich dich auch,
    Wenn ich dich gar nicht sähe,
Und fühlte nur deines Mundes Hauch
    In himmlisch warmer Nähe.

Wenn ich dereinst ganz alt und schwach,
Und 's ist mal ein milder Sommertag,
So hink ich wohl aus dem kleinen Haus
Bis unter den Lindenbaum hinaus.
Da setz ich mich denn im Sonnenschein
Einsam und still auf die Bank von Stein,
Denk an vergangene Zeiten zurücke
Und schreibe mit meiner alten Krücke
Und mit der alten zitternden Hand

Berthou

So vor mir in den Sand.

Ich weiß noch, wie er in der Juppe
Als rauhbehaarte Bärenpuppe
Vor seinem vollen Humpen saß
Und hoch und heilig sich vermaß.
Nichts ginge über rechten Durst,
Und Lieb und Ehr wär gänzlich Wurst.
Darauf verging nicht lange Zeit,
Da sah ich ihn voll Seligkeit,
Gar schön gebürstet und gekämmt,
Im neuen Frack und reinen Hemd,
Aus Sanct Micheli Kirche kommen,
Allwo er sich ein Weib genommen.
Nun ist auch wohl, so wie mir scheint,
Die Zeit nicht ferne, wo er meint,
Daß so ein kleines Knöchen Ehr
Im Knopfloch gar nicht übel wär.

Sahst du das wunderbare Bild von Brouwer?
Es zieht dich an, wie ein Magnet.
Du lächelst wohl, derweil ein Schreckensschauer
Durch deine Wirbelsäule geht.

Ein kühler Docter öffnet einem Manne
Die Schwäre hinten im Genick;
Daneben steht ein Weib mit einer Kanne,
Vertieft in dieses Mißgeschick.

Ja, alter Freund, wir haben unsre Schwäre
Meist hinten. Und voll Seelenruh
Drückt sie ein andrer auf. Es rinnt die Zähre
Und fremde Leute sehen zu.

Sie hat Nichts und du desgleichen;
Dennoch wollt ihr, wie ich sehe,
Zu dem Bund der heilgen Ehe
Euch bereits die Hände reichen.

Kinder, seid ihr denn bei Sinnen?
Ueberlegt euch das Kapitel!
Ohne die gehörgen Mittel
Soll man keinen Krieg beginnen.

Denkst du dieses alte Spiel
   Immer wieder aufzuführen?
Willst du denn mein Mitgefühl
   Stets durch Thränen ausprobiren?

Oder möchtest du vielleicht
   Mir des Tanzes Lust versalzen?
Früher hast du's oft erreicht;
   Heute werd' ich weiter walzen.

Der alte Junge ist gottlob
Noch immer äußerst rührig;
Er läßt nicht nach, er thut als ob,
Wenn schon die Sache schwierig.

Wie wonnig trägt er Bart und Haar,
Wie blinkt der enge Stiefel.
Und bei den Damen ist er gar
Ein rechter böser Schliefel.

Beschließt er dann des Tages Lauf,
So darf er sich verpusten,
Setzt seine Zipfelkappe auf
Und muß ganz schrecklich husten.

Also hat es dir gefallen
  Hier in dieser schönen Welt;
So daß das Vondannenwallen
  Dir nicht sonderlich gefällt.

Laß dich das doch nicht verdrießen.
  Wenn du wirklich willst und meinst,
Wirst du wieder aufersprießen;
  Nur nicht ganz genau wie einst.

Aber, Alter, das bedenke,
  Daß es hier doch manches gibt,
Zum Exempel Gicht und Ränke,
  Was im Ganzen unbeliebt.

Du warst noch so ein kleines Mädchen
    Von acht, neun Jahren ungefähr,
Da fragtest du mich vertraut und wichtig:
    Wo kommen die kleinen Kinder her?

Als ich nach Jahren dich besuchte,
    Da warst du schon über den Fall belehrt,
Du hattest die alte vertrauliche Frage
    Hübsch praktisch gelöst und aufgeklärt.

Und wieder ist die Zeit vergangen.
    Hohl ist der Zahn und ernst der Sinn.
Nun kommt die zweite wichtige Frage:
    Wo gehen die alten Leute hin?

Madam, ich habe mal vernommen,
    Ich weiß nicht mehr so recht von wem:
Die praktische Lösung dieser Frage
    Sei eigentlich recht unbequem.

Er war ein grundgescheiter Mann,
Sehr weise und hoch erfahren;
Er trug ein graumelirtes Haar,
Dieweil er schon ziemlich bei Jahren.

Er war ein abgesagter Feind
Des Lachens und des Scherzens
Und war doch der größte Narr am Hof
Der Königin seines Herzens.

Hoch verehr ich ohne Frage
Dieses gute Frauenzimmer.
Seit dem segensreichen Tage,
Da ich sie zuerst erblickt,
Hat mich immer hoch entzückt
Ihre rosenfrische Jugend,
Ihre Sittsamkeit und Tugend
Und die herrlichen Talente.
Aber dennoch denk' ich immer,
Daß es auch nicht schaden könnte,
Wäre sie ein Bissel schlimmer.

Es hatt' ein Müller eine Mühl
An einem Wasser kühle;
Da kamen hübscher Mädchen viel
Zu mahlen in der Mühle.

Ein armes Mädel war darunt,
Zählt sechzehn Jahre eben;
Allwo es ging, allwo es stund,
Der Müller stund daneben.

Er schenkt ein Ringlein ihr von Gold,
Daß er in allen Ehren
Sie ewig immer lieben wollt;
Da ließ sie sich bethören.

Der Müller, er war falsch von Sinn:
„Wenn ich mich thu vermählen,
So will ich mir als Müllerin
Wohl eine Reiche wählen."

Da 's arme Mädel das vernahm,
Wird's blaß und immer blasser
Und redt nit mehr und ging und kam
Und sprang in's tiefe Wasser. —

Der Müller kümmert sich nicht viel,
Thät Hochzeitleut bestellen
Und führt mit Sang und Saitenspiel
'ne Andre zur Kapellen.

Doch als man auf die Brücke kam,
fängts Wasser an zu wogen
Und zischt und rauscht verwundersam
Herauf bis an den Bogen.

Die weiße Wassernixe stand
Auf schaumgekrönter Welle;
Sie hält in ihrer weißen Hand
Von Gold ein Ringlein helle.

Du Falscher, deine Zeit ist aus!
Bereite dich geschwinde!
Dich ruft hinab ins kalte Haus
Die Mutter mit dem Kinde.

Wärst du ein Bächlein, ich ein Bach,
So eilt ich dir geschwinde nach.
Und wenn ich dich gefunden hätt'
In deinem Blumenuferbett;
Wie wollt ich mich in dich ergießen
Und ganz mit dir zusammenfließen,
Du vielgeliebtes Mädchen du!
Dann strömten wir bei Nacht und Tage
Vereint in süßem Wellenschlage
Dem Meere zu.

Mein kleinster Fehler ist der Neid.
Aufrichtigkeit, Bescheidenheit,
Dienstfertigkeit und Frömmigkeit,
Obschon es herrlich schöne Gaben,
Die gönn' ich Allen, die sie haben.
Nur wenn ich sehe, daß der Schlechte
Das kriegt, was ich gern selber möchte;
Nur wenn ich leider in der Nähe
So viele böse Menschen sehe,
Und wenn ich dann so oft bemerke,
Wie sie durch sittenlose Werke
Den lasterhaften Leib ergötzen,
Das freilich thut mich tief verletzen.
Sonst, wie gesagt, bin ich hienieden
Gottlobunddank! so recht zufrieden.

Strebst du nach des Himmels Freude
Und du weißt's nicht anzufassen,
Sieh nur, was die andern Leute
Mit Vergnügen liegen lassen.

Dicke Steine, altes Eisen
Und mit Sand gefüllte Säcke
Sind den Meisten, welche reisen,
Ein entbehrliches Gepäcke.

Laß sie laufen, laß sie rennen;
Nimm, was bleibt, zu deinem Theile.
Nur, was sie dir herzlich gönnen,
Dient zu deinem ewgen Heile.

Wenn mir mal ein Malheur paffirt,
Ich weiß, so bift du sehr gerührt.
Du denkst, es wäre doch fatal,
Paffirte dir das auch einmal.
Doch weil das böse Schmerzensding
Zum Glück an dir vorüber ging,
So ift die Sache anderseits
Für dich nicht ohne allen Reiz.
Du merkst, daß die Bedaurerei
So eine Art von Wonne sei.

Als er noch krause Locken trug,
 War alles ihm zu dumm,
Stolzirt daher und trank und schlug
 Sich mit den Leuten herum.

Die hübschen Weiber schienen ihm
 Ein recht beliebtes Spiel;
An Seraphim und Cherubim
 Glaubt er nicht sonderlich viel.

Jetzt glaubt er, was der Pater glaubt,
 Blickt nur noch niederwärts,
Hat etwas Haar am Hinterhaupt
 Und ein verprömmeltes Herz.

Gestern war in meiner Müße
　Mir mal wieder was nicht recht;
Die Natur schien mir nichts nütze
　Und der Mensch erbärmlich schlecht.

Meine Ehgemahlin hab ich
　Ganz gehörig angeblärrt,
Drauf aus purem Zorn begab ich
　Mich in's Symphonieconzert.

Doch auch dies war nicht so labend,
　Wie ich eigentlich gedacht,
Weil man da den ganzen Abend
　Wieder mal Musik gemacht.

Gerne wollt ihr Gutes gönnen
Unserm Goethe, unserm Schiller,
Nur nicht Meier, oder Müller,
Die noch selber lieben können.

Denn durch eure Männerleiber
Geht ein Concurrenzgetriebe;
Sei es Ehre, sei es Liebe;
Doch dahinter stecken Weiber.

Wie schad, daß ich kein Pfaffe bin.
Das wäre so mein Fach.
Ich bummelte durch's Leben hin
Und dächt' nicht weiter nach.

Mich plagte nicht des Grübelns Qual,
Der dumme Seelenzwist,
Ich wüßte ein für allemal,
Was an der Sache ist.

Und weil mich denn kein Teufel stört,
So schlief ich recht gesund,
Wär wohlgenährt und hochverehrt
Und würde kugelrund.

Käm dann die böse Fastenzeit,
So wär ich fest dabei,
Bis ich mich elend abkasteit
Mit Lachs und Hühnerei.

Und dich, du süßes Mägdelein,
Das gern zur Beichte geht,
Dich nähm ich dann so ganz allein
Gehörig in's Gebet.

Sie war ein Blümlein hübsch und fein,
Hell aufgeblüht im Sonnenschein.
Er war ein junger Schmetterling,
Der selig an der Blume hing.
Oft kam ein Bienlein mit Gebrumm
Und nascht und säuselt da herum.
Oft kroch ein Käfer kribbelkrab
Am hübschen Blümlein auf und ab.
Ach Gott, wie das dem Schmetterling
So schmerzlich durch die Seele ging.
Doch was am meisten ihn entsetzt,
Das Allerschlimmste kam zuletzt.
Ein alter Esel fraß die ganze
Von ihm so heiß geliebte Pflanze.

Ich saß vergnüglich bei dem Wein
Und schenkte eben wieder ein.
Auf einmal fuhr mir in die Zeh
Ein sonderbar pikantes Weh.
Ich schob mein Glas sogleich beiseit
Und hinkte in die Einsamkeit
Und wußte, was ich nicht gewußt:
Der Schmerz ist Herr und Sklavin ist die Lust.

Wärst du wirklich so ein rechter
Und wahrhaftiger Asket,
So ein Welt- und Kostverächter,
Der bis an die Wurzel geht;

Dem des Goldes freundlich Blinken,
Dem die Liebe eine Last,
Der das Essen und das Trinken,
Der des Ruhmes Kränze haßt —

Das Gekratze und Gejucke,
Aller Jammer hörte auf;
Kracks! mit einem einzgen Rucke
Hemmtest du den Weltenlauf.

Du haſt das ſchöne Paradies verlaſſen,
Tratſt ein in dieſes Labyrinthes Gaſſen,
Verlockt von lieblich winkenden Geſtalten,
Die Schale dir und Kranz entgegenhalten;
Und unaufhaltſam ziehts dich weit und weiter.
Wohl iſt ein leiſes Ahnen dein Begleiter,
Ein heimlich Graun, daß dieſe ſüßen Freuden
Dich Schritt um Schritt von deiner Heimath ſcheiden,
Daß Irren Sünde, Heimweh dein Gewiſſen;
Doch ach umſonſt! Der Faden iſt zerriſſen.
Hohläugig faßt der Schmerz dich an und warnt,
Du willſt zurück, die Seele iſt umgarnt.
Vergebens ſteht ob deinem Haupt der Stern.
Einſam, gefangen, von der Heimath fern,
Ein Sklave, ſtarrſt du in des Stromes Lauf
Und hängſt an Weiden deine Harfe auf.
Nun fährſt du wohl empor, wenn ſo zu Zeiten
Im ſtillen Mondeslichte durch die Saiten
Ein leiſes wehmuthsvolles Klagen geht
Von einem Hauch, der aus der Heimath weht.

Seid mir nur nicht gar zu traurig,
Daß die schöne Zeit entflieht,
Daß die Welle kühl und schaurig
Uns in ihre Wirbel zieht;

Daß des Herzens süße Regung,
Daß der Liebe Hochgenuß,
Jene himmlische Bewegung,
Sich zur Ruh begeben muß.

Laßt uns lieben, singen, trinken,
Und wir pfeifen auf die Zeit;
Selbst ein leises Augenwinken
Zuckt durch alle Ewigkeit.

Nun, da die Frühlingsblumen wieder blühen,
In milder Luft die weißen Wolken ziehen,
Denk ich mit Wehmuth deiner Lieb und Güte,
Du süßes Mädchen, das so früh verblühte.
Du liebtest nicht der Feste Lärm und Gaffen,
Erwähltest dir daheim ein stilles Schaffen,
Die Sorge und Geduld, das Dienen, Geben,
Ein innigliches Nurfürandreleben.
So theiltest du in deines Vaters Haus
Den Himmelsfrieden deiner Seele aus.
Bald aber kamen schwere, schwere Zeiten.
Wir mußten dir die Lagerstatt bereiten;
Wir sahn, wie deine lieben Wangen bleichten,
Sahn deiner Augen wundersames Leuchten;
Wir weinten in der Stille, denn wir wußten,
Daß wir nun bald auf ewig scheiden mußten.
Du klagtest nicht. Voll Milde und Erbarmen
Gedachtest du der bittern Noth der Armen,
Gabst ihnen deine ganze kleine Habe
Und seufztest tief, daß so gering die Gabe.
Es war die letzte Nacht und nah das Ende;
Wir küßten dir die zarten weißen Hände;
Du sprachst, lebt wohl, in deiner stillen Weise,
Und: oh, die schönen Blumen! riefst du leise.

Dann war's vorbei. Die großen Augensterne,
Weit, unbeweglich, starrten in die Ferne,
Indeß um deine Lippen, halbgeschlossen,
Ein kindlichernstes Lächeln ausgegossen.
So lagst du da, als hättest du entzückt
Und staunend eine neue Welt erblickt.
Wo bist du nun, du süßes Kind, geblieben?
Bist du ein Bild im Denken deiner Lieben?
Hast du die weißen Schwingen ausgebreitet,
Und zogst hinauf von Engelshand geleitet
Zu jener Gottesstadt im Paradiese,
Wo auf der heiligstillen Blüthenwiese
Fernher in feierlichem Zug die Frommen
Anbetend zu dem Bild des Lammes kommen?
Wo du auch seist; im Herzen bleibst du mein.
Was Gutes in mir lebt, dein ist's allein.

Ich weiß ein Märchen hübsch und tief.
Ein Hirtenknabe lag und schlief
Da sprang heraus aus seinem Mund
Ein Mäuslein auf den Haidegrund.
Das weiße Mäuslein lief sogleich
Nach einem Pferdeschädel bleich,
Der da schon manchen lieben Tag
In Sonnenschein und Regen lag.
Husch! ist das kleine Mäuslein drin,
Läuft hin und her und her und hin,
Besieht sich all die leeren Fächer,
Schaut listig durch die Augenlöcher,
Und raschelt so die Kreuz und Quer
Im alten Pferdekopf umher. —
Auf einmal kommt 'ne alte Kuh,
Stellt sich da hin und macht Hamuh!
Das Mäuslein, welches sehr erschreckt,
Daß da auf einmal wer so blöckt,
Springt, hutschi, übern Haidegrund
Und wieder in des Knaben Mund. —
Der Knab erwacht und seufzte: Oh,
Wie war ich doch im Traum so froh!
Ich ging in einen Wald hinaus,
Da kam ich vor ein hohes Haus,

Das war ein Schloß von Marmelstein.
Ich ging in dieses Schloß hinein.
Im Schloß sah ich ein Mädchen stehn,
Das war Prinzessin wunderschön.
Sie lächelt freundlich und bekannt,
Sie reicht mir ihre weiße Hand,
Sie spricht: „Schau her, ich habe Geld,
Und mir gehört die halbe Welt;
Ich liebe dich nur ganz allein,
Du sollst mein Herr und König sein."
Und wie ich fall' in ihren Schooß,
Ratuh! kommt ein Trompetenstoß.
Und weg ist Liebchen, Schloß und Alles
In Folge des Trompetenschalles.

du, die mir die Liebste war,
Du schläfst nun schon so manches Jahr.
So manches Jahr, da ich allein,
Du gutes Herz, gedenk ich dein.
Gedenk ich dein, von Nacht umhüllt,
So tritt zu mir dein treues Bild.
Dein treues Bild, was ich auch thu,
Es winkt mir ab, es winkt mir zu.
Und scheint mein Wort dir gar zu kühn,
Nicht gut mein Thun,
Du hast mir einst so oft verziehn,
Verzeih auch nun.

München.
Druck von Knorr & Hirth

Verlag von Fr. Bassermann in München.

Humoristische Schriften von Wilhelm Busch:

Die fromme Helene. 7 Bogen mit 180 Holzschnitten. 14. Aufl. (52stes bis 54stes Tausend.) 2 Mark.

Bilder zur Jobsiade. 4½ Bogen mit 104 Holzschnitten. 8. Aufl. (22stes Tausend.) 2 Mark.

Der Geburtstag oder **Die Partikularisten.** Schwank in 100 Bildern. 4 Bogen. 10. Aufl. (25stes und 26stes Tausend.) 2 Mark.

Dideldum! 4 Bogen mit 100 Holzschnitten. 9. Aufl. (22stes und 23stes Tausend.) 2 Mark.

Die Haarbeutel. 4 Bogen mit 112 Bildern. 5. Aufl. (19te und 20tes Tausend.) 2 Mark.

Pater Filucius. Allegorisches Zeitbild. 2½ Bogen mit 74 Holzschnitten. 8. Auflage. (32stes und 33stes Tausend.) 1 Mk. 20 Pf.

Fipps, der Affe. 5½ Bogen mit 150 Bildern. 3. Aufl. (13tes bis 15tes Tausend.) 3 Mark.

Plisch und Plum. 4 Bogen mit 100 Bildern. 4. Auflage (14tes und 15tes Tausend.) 2 Mark.

Balduin Bählamm, der verhinderte Dichter. 4½ Bogen mit 108 Bildern. 4. Aufl. (14tes und 15tes Tausend.) 2 Mark.

Verlag von Fr. Bassermann in München.

Maler Kleckſel. 4 Bogen mit 100 Bildern. 4. Aufl. (14tes und 15tes Tauſend.) 2 Mark

Abenteuer eines Junggeſellen. 5½ Bogen mit 156 Holzſchnitten. 9. Aufl. (32tes bis 34tes Tauſend.) 3 Mark.

Herr und Frau Knopp. 4½ Bogen mit 100 Bildern. 8. Aufl. (30tes bis 32tes Tauſend.) 2 Mark.

Julchen. 4 Bogen mit 104 Bildern. 10. Aufl. (31tes und 32tes Tauſend.) 2 Mark.

Die drei letzten Werkchen enthalten zuſammen: Knopp's Erlebniſſe als Junggeſelle, Ehemann und Vater.

Ferner erſchien von Wilhelm Buſch:

Bilderpoſſen. Vier heitere Geſchichten in Verſen mit 72 Bildern. 4½ Bogen Quart. 2. Aufl. Gebunden. Schwarz 2 Mark. Colorirt 3 Mark.

Sechs Geſchichten für Neffen und Nichten. Märchen und Fabeln in Verſen mit 73 Bildern in Farbendruck. 12 Bogen Quart. Gebunden 3 Mark 50 Pf.

Der Fuchs. Die Drachen. Zwei luſtige Sachen. Mit 38 Bildern. 2. Auflage. 8° Cartonirt. Colorirt 2 Mark 50 Pf. Schwarz 2 Mark.

Verlag von Fr. Bassermann in München.

Schriften anderer Autoren:

Adam contra Eva. Kurze Bemerkungen zu den Akten von einem Unparteiischen. 2. Aufl. Geheftet 1 Mark 80 Pf., cartonirt mit Goldschnitt 2 Mark 20 Pf.

Allotria vom Schwabenmajer. Heitere Reimereien mit 80 Bildern namhafter Münchener Künstler. 2. billige Aufl. Geheftet 1 Mark 20 Pf.

Der Drumbeder vum Wallstadt von Max Barack. Heitere Gedichte in Pfälzer Mundart. 2. vermehrte Auflage mit 27 Bildern von L. Horstig. Geheftet 1 Mark 80 Pf., cartonirt 2 Mark 20 Pf.

Die Katerthesen und ihre poetische Begründung von dem Heidelberger Weltweisen (Bonaventura Sauerampfer.) 3. vermehrte Aufl. mit 18 Bildern von A. Oberländer. Geheftet 1 Mark 50 Pf., cartonirt 2 Mark.

Der Privatdozent in harmlose Reimlein gebracht von Bonaventura Sauerampfer. Mit 20 Bildern von A. Oberländer. Geheftet 2 Mark, cartonirt 2 Mark 50 Pf.

Vom Baume der Erkenntniß gesammelte Früchte von Otto Spielberg. Geheftet 1 Mark 20 Pf.